오양심 제6시집

뻔득재 불춤

<그림 청사 이동식>

서문당

차례

▲ 저자 오양심

새날

우리 할머니가 하늘에서 그러했듯이
우리 어머니가 땅에서도 그러했듯이
아침에 일어나면 정화수를 떠놓고
남쪽하늘을 향해 절을 합니다
나의 기도가 닿은 곳은 모두 꽃밭
밝은 햇빛 속에 넘치는 사랑
살아있어서 더 눈부신 세상
고통과 슬픔은 사라지고
오직 기쁨의 새날만이 있게 해달라고
있게 해달라고

2008년 새해
뻔득재에서

화가 靑史 이동식 약력 / 충남 천안 출생

1962	서라벌 예술대학 졸업
1973	고려대학교 대학원 졸업
1976	신세계미술관 초대전(신세계 백화점)
1979	제11회 신일본 국제회화제 은상 수상(Mori 미술관)
1980	제12회 신일본 국제회화제 금상 수상
1981	한국현대미술대상전 추천작가상 수상
1982	한국현대미술대상전 심사위원
1984	서울미술제 심사위원
1989	한국화랑미술제 초대(Hoam Gallery)-Seoul Art Fair
1991	현대미술작가 초대전(국립현대미술관)
1992	한국, 오스트리아 수교 100주년 기념전(비엔나 국립미술관 초대)
1993~2000	신미술대전 심사위원
1994	서울국제현대미술제(국립현대미술관)
	New York 한국일보사 창간 27주년기념초대전
	Kearon-Hempenstall Gallery, New York, U.S.A.
	일본 동경 미술세계화랑전 초대(일본 동경 미술 1994~2003년 일본전지역)
1996	일본 북해도 Domakkomai전 苫小牧 동경미술세계 초대
1996~1998	MANIF Seoul '96,98 국제전 일본 동경 미술세계 전속
1996	프랑스 파리, Moon Dam Galerie 초대전
1997	스위스, 제네바 Kara Gallery 화랑 초대전 / 일본 Kusiro 기획 Asia 평화실행위원 초대
1998	MANIF 서울국제아트페어 초대(예술의전당)
1999	국전 대한민국미술대전 심사위원
2000	말레이시아 국제초대전(쿠알라룸푸 미술관)
2001	타쉬켄트 국제비엔날레 특별초대전(우즈베키스탄 국립미술관)
	태국 국제 초대전(Regarden Art Hall)
	중국 Sungdo 한국미술국제전 초대(Sachunsung 미술관)
2003	미국이민 100주년기념 L.A. 이민역사기념관 초대
2005	<청사 이동식 풍속화> 대표작 선집 전2권 출간(서문당)
2007	뉴욕 세계일보 스프디이스 월드 靑史이동식 풍속화 초대전
현재	한국미술협회회원, 동경 미술 세계 전속
	연세대, 경희대학, 관동대, 한성여대 강사역임

1. 무릉도원에 가다

궁상각치우

꽃 한 송이 만나기 위해
얼마나 많은 허공을
날아올랐던가
멀리 보면
하늘과 땅이 붙어 있는 것처럼
그 틈새에 바람과 구름이 노니는 것처럼
그 틈새의 틈새 속에
산과 바다가
정다운 것처럼
나비 한 마리
꽃잎에 눕자마자
금세 한 몸이 된다

궁상각치우 노래가 된다

무릉도원, 47×55cm

사랑의 샘, 98×80cm

첫날밤

달빛 푸른 밤에는 배가 고프다
하늘에 박혀 있는 달 하나 먹고 싶다
소나무 틈 사이로 구름이 자지러지고
바람이 들뜬 곳에 잠시 멈추어
조껍데기로 한 잔 입을 축인다
맨 정신으로는 갈 수 없는 곳
하늘로 뻗어 있는 층계를 타고
비몽사몽간에 올라서 간다
마애불상 앞에서 삼배를 드리고
어린아이처럼 티없이 맑아지고 있다
눈썹같이 예리하고 칼날처럼 시퍼런
보름달을 만나서 두 번 맞절을 한다
드디어 소원이 이루어진다
푸른 밤 굶주림이 몸 속 가득
향기를 내뿜는다
푸른 광채를 발산하며
똬리를 튼다
천상에서 가장 아름다운 소리가 난다

달이 달을 배는

무릉도원에 가다

그곳에 가려면 환장을 해야 한다
아침마다 정화수에 물을 떠놓고
천지인에게 삼배를 올려야 갈 수가 있다
삼갈 것은 절대로 꿈을 꾸지 않아야 한다
꿈 속에서 턱도 없이 바라다보면
도다리처럼 눈동자가 돌아가기 때문이다
눈을 뒤집어 그 뒤편을 자세히 들여다보면
무한천공을 떠도는 별들이 있고
꽃상여를 타고 하늘로 올라간 해님이 있고
죽음에서 나와 죽음으로 돌아간 달님이 있다
여기 와서 보니 마음이 간간해서 좋다
판소리 한 대목으로 내질러 볼 것 같으면
절창!이다
_{絶唱}
나는 살아 있는 동안 원이 없다

내가 사랑하는 사람이 아직도
내 곁에 살아 있어서

송악동의 봄, 90×90cm

한 쌍의 기러기, 30×40cm

원앙풀이

보기만 해도 한가한 강물 위에서
원앙새는 사랑놀이를 시작한다
목까지 부끄러운 홍조를 띠고
살이 오른 볼기짝을 삐죽빼죽 흔든다
저 좋아 달려드는 각시를 보면
매초롬한 신랑은 할 일이 없다
세상 속 두고 온
온갖 잡사가
모래알처럼 작아져서
둥글고 탄력 있는 물살을 가르며
앞서거니 뒤서거니 해 저어 갈 뿐

여기는 이 세상이 아니다

남쪽에서는 꽃을 '어이'라고 부른다

남쪽 고장에서 꽃들은
'어이'라는 이름을 갖게 되었다
꽃들이 한 집에 살고 있었다면
누가 누군지 구별이 안 되었을 것이다
다행스럽게도 꽃들은
대문 안에 하나
대문 밖에 하나
피어 있었다
대문 안에 있는 '어이'가
항용 편안한 삶을 살고 있을 때
대문 밖에 있는 꽃은
외롭고 무서움에 떨고 있었다
나는 그 '어이'를 볼 때마다
가슴이 짠해서
다음 생에서 만나자고 약속을 해놓고
하늘만 올려다보고 있었다
뭉게구름만 바라보고 있었다

내 생이 문 밖에서 지고 있었다

태양조의 찬가, 190×135cm

하반이

내가 숨도 못 쉬고 죽어가는 줄도 모르고
졸아 봉탱이 같은 놈이
단치 같은 새끼가
좆등에 사마구같이 껄적지근한 주제에
숫돌에 눈깔을 간 것 같은 도채비가
곰소 염천에서 가래질이나 할 놈이
찐 달걀로 눈탱이 비비는 꼬꼬 잡놈이
뺄뚤이 어마두지 미력둥이
소락떼기 대장
한 푼의 을랑 녹으락도 없는 자식이
황새 늑새끼 같은 인간이
감나무 쐐기가 업어갈 놈
손톱 밑에 까시도 안 박혀 본 주제에
환장 내덩거리로 개 씹에 덩더꿍하고
삐이빼 장구통
나발이나 불 놈이
지 몸땡이 냄비 위에서 콩콩 타는 줄도 모르고
봉숭아 껍닥뒤집듯 넘 창시를 뒤집어 놓고
天地地天 地天天한다

소가 웃것다

거북이, 60×45cm

만월이다

산이 앓는 소리를 낸다
온 밤 내 잠을 못 이루며
머리도 꼬리도 잘라 버리고

서슬 시퍼렇게 드높은 보름달
제풀에 지가 죽어 안쓰럽게 내려다본다
오늘은 그런 날이다

인기척마저 끊어진 숲 속에
눈두덩 부어오르는 한숨 소리
간간이 들린다

슬픔에 가득찬 산 밑까지
별들이 낮게 내려와 보지만
별로 도움이 되지 않는다

보름달이 속을 하얗게 비우고
산을 꼬옥
끌어안는다

만월이다
滿月

사랑의 샘, 31.8×40.9cm

풍각쟁이

그곳에 가면
음악 소리는 들리지 않고
지문이 없는 손가락만 보인다
닳아진 손가락이
현 위에서 쉼없이 굳은살로 배겨 버린
내 친구 하반이
피가 배인 지 손가락보다
담벼락에 어설프게 기대어
겨우내 봄을 준비한
목련나무 걱정이 더 많다
상처투성이 제 몸을 불사르고 나서야
누군가에게 잠깐 즐거움이 되는
천상의 꽃

그날 밤 나는 꿈속에서
목련꽃 한 송이로 피어나고

사랑의 샘, 51×49.5cm

독차지

산은 천천히
느리게 숨을 쉰다
북두보다
더 먼 곳에서
내려온 산은

파도가 먼발치에서 어린아이처럼 칭얼거릴 때
일 년에 한 두어 번 숨을 쉬는 것이다
조바심도 없이 헐떡임도 없이
깊고 크고 넓게
숨을 들이쉰다

산은 거기서 얻은 영양분을
자신의 품에 깃들고 있는 모든 생명들에게
빠짐없이 나누어 주며
바다보다 푸르고 하늘보다 훤칠한
삶을 살고 있다

나는
비스듬하게라도
산을 움직이게 해달라고

사랑의 샘, 45×60cm

아침저녁으로
해와 달 그리고 별에게 빌고 있다

이 땅에 단 하나뿐인 사랑을 하고 싶어서

이슬

얼룩 한 점 남기지 않고
거꾸로 매달려 있는 모습만 보아도
안다

깃털처럼 가볍게 천공에 올라
별들의 벗이 되었다가
다시 땅으로 내려와
온 세상을 되비추고 있는
너는

내가 살고 있는
어지러운 땅 밖에서 온 것이
틀림없다

그러기에 그 작은 몸체 하나로
우주 중에서
내 눈썹 끝까지 남김없이 감싸는
네가 없었다면
나 또한 이 세상에 없었겠지

새와 거북이, 부분도

너는 이 땅에 무슨 원이 있어
아침마다 작은 잎새 뒤에 숨어
눈물 한 방울 짓고 있느냐

리콜리스

잎이 진다고 다 꽃이 되는 것은 아니다
생의 한가운데 거기쯤에서
누구나 한 번은 죽어야 한다
죽어야 꽃을 피울 수가 있다
고개를 들고 문득 뒤돌아보면
칼끝처럼 뾰족뾰족한 길들이 죽어간다
그 길은 죽어야 사는 길이다
흰구름이 방향을 알려 주지 않아도
종달새가 날아와 길라잡이가 못 되어도
더 높은 곳을 향하여 목숨을 버릴 줄 알아야 한다
저 스스로 흙이 되어야 한다
뿌리 속 깊이 속내를 감추어야 한다
그래야 비로소 꽃이 될 수 있다
꽃과 잎이 서로 만나지 못하는
꽃

짝사랑만 하는

* 리콜리스 : 상사화라고도 부른다

하늘 사랑

호수가 하늘을 끌어안는다

저 땅 속 깊은 곳에 무슨 뜻이 있길래
어떤 힘이 있길래
저보다 큰 하늘을 품어
하늘이 되는 것일까
물 한 방울 모이고 모여
제 몸보다 큰 넓이가 된다
깊이가 된다

끝내 따라다니는
그림자 같은

학과 사슴, 70×120cm

잔나비는 나비가 아니다

어느 날 길을 가다 사람을 만났다

좋아하면 싫어진다고
좋아하지 말라고 했다
사랑하면 헤어지게 되니
사랑하지도 말라고 했다
나는 살아남기 위해
올빼미가 되었다가
박쥐가 되었다가
다시 잔나비가 되었다

실덕벌덕한
신천 빠진
디야지 같은
속창시 빠진
사마귀가 업어 갈
쓰잘데기라고는 하나도 없는 놈
나는 꼼짝없이 그 사람 속에 들어가
사람이 되고 있었다
재주를 넘고 있었다

생명의 노래, 33×42cm

사랑의 노래, 39×47.5cm

강아지풀

에미
되어주랴
눈 못 뜨고 달려드는
새끼
젖을 꺼내 물려주고 싶다
여기
한 사내가
한사코 여미는
옷깃을 풀어헤치고
막무가내 나를 파고든다
내 젖을 물고
늘어지는 모습
오! 내 새끼

에미라고 불러다오

흰 새는 다리가 없다

강이 몸을 물로 풀고 있을 때
다리 없는 흰 새 한 마리 날아와
함께 머물렀다
낮은 곳이면 어디든 가서
상처를 어루만져 주었다
그러나 강은 그곳을 떠날 때
물도 흰새도
그대로 두고 갔다
흰새는 강에서 날개를 접을 때
몸을 물에 반쯤 담그고
물 위에 몸뚱어리를 올려 놓았다
흰 새가 두고 간 것을
강은 모른다

태양조의 찬가, 39×47cm

사랑의 샘, 32×42cm

산사에서
山寺

온 산을 불지른

산사의 일몰처럼

내 사랑도 불타고 싶다

저 빛깔의 오르가슴

오늘이 끝이라면 좋겠다

불타는 사랑도 자고 나면

우수수 가슴 무너지는 소리

산사엔 내 사랑

잎새 되어 떨어지는

목탁 소리

2. 개동백나무

그곳에 가는 버스가 있다

종착역에 도착하면
갈 수가 없다
휴게소에 내려 지도를 펴놓고
그 끝을 쫓아가다 도중 하차를 하면
가까운 발밑에
인삼밭이 보인다
입구에서 한 번 멈칫하고
계단 앞에서 지상을 버리고
지하로 내려간다
울퉁불퉁한 두 갈래의 길

오른쪽에서 세찬 물결 소리가 난다
그곳을 통과하려면
외나무다리 헐겁게 걸려 있는
어두운 동굴 속을
지나가야한다
어둠 속에 묻혀 얼마나 더 흘러가야
반짝거릴 수 있을까
별만큼한 사랑은
동굴 속에서 침몰한다

아주 깊게

낙원에서, 55×55cm

사랑의 샘, 50×65cm

아름다운 사람

몸도 마음도
모두 놓아버리고
좌망에 들어있던 나무가
가을 햇살에 후끈 달아올라
꽃 한 송이 피우고 말았습니다
제 계절을 만나지 못한
꽃이 아플까봐
슬플까봐
나무는 하루 종일 꽃만 생각 합니다
가슴에 돌덩이 하나 얹어놓은 듯한
눈물겨움으로 꽃을 마주보면
안쓰럽기 짝이 없습니다
천지도 모르게 밤새 앓은 듯한 이 예감은
꽃이 시들기 직전 내지르는 향기 같은 것일까요

나무는 꽃이 힘들까봐
그 어떤 밀도 입 밖에 내지 못 합니다

크리스마스 캐럴

가시밭길이다
동서남쪽이 사라지고 북쪽만 보인다
홀로 된 별 하나가 나보다 먼저 화석이 된 눈동자로 땅을 내려다 본다
세상을 떼어 놓고는 길 한쪽도 볼 수가 없다

바람은 허허로운 등짝을 때리고
기세 꺾인 별빛도 그림자처럼 희미하다
빛바랜 꽃잎의 수를 세다가 잠을 자고 싶다

밤이 낮이 되고
밤낮이 환해져서 어스름 달밤이 되어도 좋다는 걸 이제 알았다
캄캄한 잠을 자고 싶다

대낮에도, 해 저녁에도, 한밤중에도, 새벽에도
지상에서 모든 것들이 들림을 당하는 날에도
속박에서 벗어나는 개벽의 날에도

마침내 이 땅이 적색에서 백색으로 거성이 되는 날에도
내가 잠만 자다가 환장을 한 날에도 종지부를 찍는 날에도
캄캄한 것들이 아는 체를 하는 날에도

눈물을 부추기는 비바람 속에서 내가 막막하다가 제정신이 번쩍 든다

태양조의 찬가, 53×65cm

하늘에서 밧줄 하나 내 몸 속에 들어온다
지상으로 나 있는 가시밭길을 지나면
하늘로 올라가는 길이 보인다

태양조의 찬가, 60×72cm

길

흙길 돌길 벼랑길

지친 걸음 끝이 없다

꽃길 눈길 사랑길

지나오면 다시 그 길

살아서 못 다 걸은 길

죽어서도 가는 길

나도 사람이다

-가로수에게-

여물지 못한 뿌리로 대처에 붙잡혀 와
천참만참 사지가 잘리고
망연자실 남쪽을 보고 있었구나
울지 말자
살아가는 것은 모두가 상처다
가슴이 시리도록 외로움을 견디는 일이다
바람이 불면 바람처럼 흔들리다가
비가 오면 들키지 않게 눈물을 쏟아 버리자
속을 하얗게 비워 버린 낮달이 우리를 쳐다본다
가끔은 연잎도 눈물을 흘리더라
새들도 노래를 부르고
냇물도 소리를 내더라

나무도 몸으로 울더라

평화의 낙원을 향해서, 52×41cm

비

세상이 보인다
제 몸보다 큰 너비로 땅에 떨어져
온몸이 바스라진다
죽어야 더 큰 삶을 사는 것일까
하늘 모조리 차고 넘치게
감싸안고 싶지만
지상에서 가장 낮게 키를 낮추고
그저 흐를 뿐
시작이란 결코
쉬운 일이 아니다
물에서 나서 물로 돌아가는
목숨
누군가에게 힘이 될 때
너는 너인 것이다
기어코 한 방울의 비가 물이 되는 것이다
비로소 강이 되는 것이다

만다라

여름 한낮
독경으로 피워 낸 백련 한 송이
그 향기를 따라가 보면
발자국마다 만다라 불꽃이 보인다

골짝골짝 향내를 피우고 있는 꽃
그 속에 심지를 돋워 내 안을 비춰 보면
가까이 있는 마음 하나
밝혀 주지 못하고 있다

가슴도 타들어 가면 연기가 나는가
여름보다 뜨거운 발바닥이 매캐하다
연꽃에 관한 한 연꽃을 피워 보기 전에는
사랑을 모른다

대문을 들어서니
잎사귀에 쪄낸
연밥이
김을 올린다

입안에 혓바늘이 일어서고 있다

불상, 33.4×24.2cm

능소화

여름 꽃으로 돌아온
너를 만나는 순간
비감에 젖는다
죽기 전 허공을 치받아 올라가며
붉으스름한 눈물덩어리
한 순간 토해 낸
네 살을 누가 모른다고 하겠느냐
뜨거운 목숨 바쳐
모가지 뚝뚝 떨어지도록
정염을 불사르는 능소화
그렇게도 천진한 웃음을 빚어
슬픔을 빚어
내 안에 돌아와 결국 꽃이 되었구나

이승과 저승이 동생(同生)인 것을
외로움으로 가르쳐 준

평화의 낙원, 704×70cm

사랑과 행복이 머무는 곳, 72.7×60.6cm

휴대폰이 운다

후미진 비탈길을 함께 걸으며
너의 한숨 소리를 듣는다
돌 틈 사이론가 발끝 모래 사이론가
얼음 풀린 시냇물처럼 빨려 들어간다
이러다가 육신과 함께 정신까지
유실되어 버리는 게 아닌가
나는 세상이 무서워 오들오들 떨고 있다
내 입안에 모래가 가득하다
가끔씩 몸 속에서 휴대폰이 운다
서둘러 내 곁을 떠나는 걸 보니
꽃도 새도 열매도
너를 필요로 하고 있구나
저 경악스러운 도시를
오래 비워 두지 못하고
되풀이되는 둘레로 돌아갈 수밖에 없는
네가 스승이다

물방개는 동그라미만 그리고 있다

불춤, 40.5×31cm

불춤

질그릇을 굽는다

태어날 때부터
고통인
이 슬픈 몸뚱어리
잘 마른 가마에 장작불을 지피면
내 넋은 머리를 풀고 불꽃 춤을 춘다
불길에 태워져 돋은 새살은
저승 밖 하늘에 밤을 밝히려
잘도 타오른다
뼈도 살도 없이

날마다 토굴로 간다

현관문을 들어서자
찬바람이 쏟아져 나오고
집 안 구석구석 냉기가 돈다
이웃을 인접하고는 있어도
사람의 체온과는
거리가 먼 집이다
세상사 모든 잡사를 일순 놓아 버리고
좌불한 스님처럼 가부좌를 틀고 앉아
남은 삶을 육탈하고 있는
토굴양반
"이녁인가?"
인기척을 느끼며 생사를 알려 준
그 말 한마디에
광배를 두른 듯 내 마음이 환해진다
캄캄한 토굴에서 자신을 발효시키고 있는
저 양반이
생불이다

사람 하나 지나가면

세상 밖으로 나가지 못한
바람이 불고
끝내는 비가 되어 흔들리고 있다
새벽이 올 때까지
혼자 있는 밤이 무서워
이슬처럼 많은 말을 지껄여 보지만
외로움의 불은 꺼지지 않는다
길이 보이지 않는다
세상은 너무나 비탈이 져서
가다가 자빠지고
또 가다가 꼬꾸라지고
사람 하나 지나가면
독이 된다
상처가 된다
사람을 만나면서
사람으로 가득차야 하는데
마음의 길은 잡은 고삐를
놓아 주지 않는다

성황당, 60×80cm

거꾸로 보는 세상

비바람 찬이슬 안고 맞으며
고향 떠나 뿌리 없이 떠돌고 있다면
한세상 살아가는 게 광대가 아니더냐
흙바람 불어대던 유년의 춘삼월
조명 밭 떨어지는 까마득한 천장에서
둥글게 붉은 세상이 돌아가고 있었지
뛰놀던 뒷동산에 서 있는 왕소나무
햇빛 반짝이던 솔가지 사이에서
둥글게 푸른 세상이 돌아가고 있었지
어려울 땐 세상을 거꾸로 보자
어차피 광대로 떠도는 인생

작두날 위태로운 위에서 춤추는 무녀야

환희, 70×60cm

자반고등어

동창생은
同窓生
고등어다
간기가 배어 있다

사철가
한 대목에서처럼
권커니자커니 술 냄새가 난다
꾸덕꾸덕 마른 바다 냄새가 난다

지구가 마음을 비우고
짠물을 받아 주듯
이 세상 어디서나
밀려왔다 밀려간다

양심이 무상심으로 돌아가
카타르시스를 하고 있는데
길을 가는 등 뒤에 와서
난데없이 툭 친다

뒤돌아본 소싯적이

행복, 26.5×34cm

눈을 의심한다
세상사 찌든 몰골이
이만저만 변한 게 아니다

인간아!
불러만 놓고
한눈을 팔고 있다

비수

녹슬지 않은 은장도 한 자루
가슴에 품고 있습니다
당신이 주고 가신 이 모진 형벌의 칼날
여자는 일부종사해야 한다는 그 말씀
꽃이 되다가
불이 되다가
바람이 되다가
서릿발이 되다가
맺어진 사랑 하나 못 추스르고
밤을 낮처럼 하얗게 새우며
은장도 한 자루 갈고 갈아 왔습니다
어머니
당신이 주고 가신 은장도 한 자루
이제 그만 품속에서 꺼내 놓고
가슴 풀고 머리 풀고
사랑하고 싶습니다
사랑하고 싶습니다
어머니

태양조의 찬가, 53×45.5cm

어느 달 밝은 가을 밤

날마다 대문을 나서는 일은
죄를 하나씩 보내는 일이다

눈 밑의 잔주름이 실실 단내를 풍기면서
아홉 개 꼬리가 늘어나고
세상 눈 밝은 여시가 되어가는 길이다

어둔 밤에도 사람 속 훤히 들여다보이는
도가 틔어 가는 일이다
道

어느 가을 밤 보름달이 뜨면
내 본성의 잔등 너머에서
목놓아 울던 하얀 여시 한 마리

오늘밤은 내 몸 깊은 골짜기에서
징소리로 울고 있는가

어느 누가 그리워
새도록
들짐승처럼 우는가

벅수, 45×60cm

생명의 나무, 60×45cm

개동백나무

오늘이 끝인 줄 알고 길을 가다
푸른 햇살을 만났어요
갈잎나무 울타리 사이
서 있는 당신
그대를 만나자마자
곧 나는 꽃이 되었어요
겨드랑이 숨어 있는 반쪽 가슴이 되었어요
사랑은 아름다운 것이라고요
하나씩 떨어져 가는
이 꽃잎의 작별은 어쩌겠어요

3. 너보다 덜 아픈 것은 없다

연꽃

그는 지금 절간에 있다
길과 길 사이에서
산야를 헤매며 인산과 인해를 이루며
살고 싶은 시간을 찾아다녔다
사랑에 대해
목숨에 대해서
혹은 뜨거운 눈물에 대해서도
토끼잠으로 많은 밤을 지새워 보았지만
끝끝내 갈증은 가시지 않았다
그는 이제 물 속에서 홀로 떨고
그의 때묻지 않은 꿈은
몇 마리의 산천어와 토담으로 덮여있다
물 속 깊이 숨은 절간을
찾아간 그는
모가지를 길게 뽑고
화사하게 자지러지고 있다
의도에 의한 아름다움으로
무위적정에 들어가 있다

무위적정 : 일정한 직위가 없고 마음에 번뇌
가 없이 고요함

부분도

태양조의 찬가, 54×47cm

혼자서는 안 된다

외롭다
지천명을 넘어가는
봄은 더 외롭다
꽃 한 송이 피우려고 해도
이제 혼자서는 안 된다
둘 이상 힘을 합쳐야 한다
바람이 혀끝으로
전신을 마비시키고 있을 때
나무는 바둥대는 나를
죽음 직전까지 몰고 가야 한다
그러면 피가
거꾸로 솟아
천 개의 숨구멍이
허공 중에서 열린다
끝내는 죽음과 키스를 하고
지상에서 가장 슬픈 노래
유언처럼 부른다
사지가 축 늘어지고 난 뒤에야
꽃 활짝 피울 수
있다

두꺼비

오밤중이다
몸뚱어리 양 옆으로
거무틱틱하게 나 있는 길을 배회하다가
어둠을 틈타 강가로 간다
붙잡고 늘어질 칡덩굴 하나 없는
외따로운 것들을 놔두고
모르쇠 눈을 감고 하늘로 올라갈 수도
그레고르잠자처럼 아예 사람으로 변신하여
땅에서 사라져 버릴 수도 없어 앞이 캄캄하다
답답한 가슴을 주먹으로 쓸어내리며
어찌하면 좋겠는지
내가 나에게 전후 사정을 털어놓고
해결책을 강구해 본다
말 못 하는 미물이 동감동감
눈물을 글썽거린다

머리 옆에서 가슴이 앞날을 걱정하고 있다

생명의 노래, 89×89cm

황진이는 나를 나비라고 불렀다

나는 언제부턴지 그녀와 친구가 되었다
그날은 장충동에 있는 달오름극장에서
국창 임방울
탄생 100주년 기념공연을 하는 날이었는데
황진이는 머리에 달을 이고
창무악을 선보였다
그 다음 그녀를 만난 곳은
삼성동 코엑스몰 반디루이스서점에서였다
그녀는
거문고 가락에 발을 맞추어 덩실덩실 춤을 추며
'그 사람 내게로 오네'라는
시를 팔고 있는
이생진의 상투 끝에 올라가 있었다
한참이 지난 뒤에 또 밀알학교
세라믹 팔레스홀에서 만난
나와는 이미 한통속이 된
황진이는 나를
나비야!
라고 부르며

그녀가 기거하는 있는
산보다 더 푸른 청산으로
데리고 갔다
꽃보다 더 아름다운
화산으로 데리고 갔다

사랑의 샘, 60×70cm

부싯돌

언제부터 나는 네 안에서 꽃이 되었을까 이 지구상에
최초의 생명이 존재했던 시간을 거슬러 올라가면 나를
찾을 수 있을 것 같아 너의 가슴팍에다 귀를 대본다
참 알 수가 없다 내 머리 위에 앉은 배추흰나비의 날갯
짓에 나를 밟고 지나가는 나뭇잎의 발자국 소리에 이리
저리 귀를 모아 보지만 구름 한 점 앉았다 쉬어 가는 꽃
이파리 끝 네 겨드랑이 밑에 화인으로 새겨져 너를 아프게
하는

불씨로 튄

사랑의 노래, 64×74cm

목련이 질 때

너 떨고 있구나
무슨 그리움에 여윈 얼굴이냐
바람 한 올
어깨 위에 떨어져도 소스라치는 몸짓이구나
그 고운 얼굴에 검버섯도 피었구나
꽃을 피워 냈다고 어떻게 다 열매를 맺는다니
어두워 가는 천지에 세상을 불 밝혀 놓고
꽃 피고
꽃 지듯
짧은 봄날

사랑

사람의 손이 이렇게 따뜻한 줄 몰랐다
네 손을 잡으면 모든 게 살아나고
네 곁에 있으면 춤이 나왔다
노래가 나왔다
너를 통과하면 나는 빛이 되고
그 빛 속에서 또 우주가 되었다
네 손을 잡으면 상처인 줄 모르고
네 곁에 있으면 낭떠러지인 줄도 몰랐다
왜 물이 되어 흘러가야 하는지도 몰랐다

너와 함께 바다에 이르기 전에는

사랑의 샘, 40×56cm

봄날은 간다

네가 보고 싶어 문을 두드린다
네 말소리가 듣고 싶어 서성이고 있다
애써 불안을 감추지 못하고
다급한 듯이
너를 불러도
오늘은 네 방이 캄캄하다
손가락 끝에 힘이 빠진다
아무도 눈치채지 못하게
운다
매화가 되어
매화마을에 갔다가

봄날, 60×70cm

단치

말하지 않아도
안다
죽기 전에는 어떤 말도 해줄 수 없다는
그 한 마디 가슴 깊이 새겨 주고 있다

마음의 평정을 잃어버리고
시도 때도 없이
사랑을
확인하는 나에게

모든 음계의 밝음과 어둠을 짚어 준 그는
나를
그물에 걸리자마자 숨이 끊어지는
단치라고 한다

그를 털어 버리려고
진종일 마음밭을 돌아다녀 봐도
하늘의 해와 땅의 그림자가 붙어 다니는 것처럼
멀리 갈수록 더욱 가까워지고 마는

나는 지금 그물에 걸려 있다

* 단치 : 민물고기. 성질이 급하다

사랑의 샘, 70×70cm

사랑의 샘, 70×70cm

열대야를 건너며

너를 만나는 일은
목숨을 거는 일이다

가끔씩
한강 다리에 있는
수위를 재어 보는 것은
나의 수명을 재어 보는 일과 같다
언제쯤 홍수가 나서
둑이 터질 것인가
하루가 멀다 하게 숨이 가쁘고
비가 오면
뜬눈으로 밤을 새운다

너를 만나는 일은
나를 죽이는 일이다

섬을 만나고

세상은 나로부터 온다는 것을
알지 못했다
길은 내가 만들어 간다는 것도
시간은 내 마음에 있는 것이라는 것도
알지 못했다
아직 가지 않은 수많은 길이
있다는 것도
희망은 비로소 내게 이르는 길이라는 것도
깨닫지 못했다
절망이 들고 가는 횃불마저도
거부할 수 없다는 것도
다시 일어설 때까지
내 것 아닌 것이 없다는 것도
섬 하나 만나고 나서 겨우 알 수 있었다

사랑의 유영, 47×55.5cm

사랑의 노래, 78×78cm

산다화

언젠가 내 몸에서 들숨이 희미해진 날
밤낮으로 반달로 떠서
칠칠일을 지켜 준 사람
너울너울 나비 되어
뻔득재 넘어갈 때
간지름나무 가지 끝에 남쪽으로 앉아서
육자배기도 하나
불러준 사람
남쪽은 너의 나라 너의 하늘이라고
창자 너머 끝 목에서 귀엣말로 들려주던
풀꽃보다 작은 나의 사람아
내가 이 세상에 아이로 오기 전부터
이미 너는 나를 기다리고 있었고
할머니 바느질 때 쓰던 버선본처럼
사주단자 없이도
이미 짝꿍이 되어 있었다

만나기 이전부터 이미 나를 사랑한

간지름 간지름

살이 매끄럽다
네 겨드랑이에 손가락을 집어넣어서 간질간질 간지름을 태우면
담홍색 웃음들이 앞다투어 꽃으로 터져나온다

벅수 하반이 우두커니 눈산네
백일홍 자미화 폐양수 배롱나무
풍각쟁이 우리 오빠처럼 이름도 많구나

언제부터 이곳에 뿌리를 내렸을까
너를 만나는 즐거움이 없었다면
우리는 여전히 춥고 배가 고팠을 것이다

다만
신이 내게 준 특권 하나 있다면
지상에서 가장 슬픈 사랑을 하고 싶을 뿐이다

가을 찬비에 너의 시린 발도 채 덮어 주지 못하고
먼 하늘만 귀에 쟁쟁한데
후두둑 내 몸을 온통 물들인 계절이 떨어진다

마르고 헐벗은 가지에 간지름 간지름 꽃망울이 돋고 있을

* 벅수-돌부처 하반이-바보의 애칭. 눈산네-눈에 거슬리는 아이의 애칭

산촌 가족, 60.6×72.7cm

너보다 덜 아픈 것은 없다

뭍의 길은
바다 앞에 와서야 끝이 난다
길은 잠시 꺾어진 갈대가 된다
다시 바닷길이 열리는 이곳에서
너는 무엇을 생각하고 있는가
바다에서 섬이 되고
파도가 되다가
온몸으로 폭풍이 되어
산을 바다로 만들 때까지
산산이 부서져 모래뿐인 곳
상처뿐인 이곳에서
너보다 덜 아픈 것은
찾아볼 수가 없다

4. 누가 있어 함께

바라밀다, 38×46cm

반달

반달 하나 떠 있다
오늘은 사납게 심술을 부리고 있다
구멍 없는 피리가 되어
바람을 부르더니
이내 구름까지 불러들인다

고요한 강물에
파문이 일어난다
첨벙첨벙 물기에 젖어
사방에다가 달무리 풀어놓고
내내 안절부절 못하고 있다

강은 한잠도
눈을 붙이지 못한다
발 밑에서 아우성치는 바다 냄새가 날 때마다
혜초 냄새가 날 때마다
강은 자리를 바꿔 앉으며 반달의 등을 토닥거려 준다

피가 배이게 입술을 깨물은 강은
물이 되기 위해 안간힘을 쓰고 있다

누가 있어 함께

사랑은 누가 있어 함께
기차를 타보는 일이다
그 옆자리에 앉아
손 한 번 잡아 보는 일이다
어깨에 가만히 얼굴을 기대 보는 것이다

누가 있어
바다를 찾아가는 일이다
어머니 무덤 앞에서 절 한 번
해보는 일이다
그 사람을 껴안고 나무가 되는 일이다

나무가 되어
꽃을 피우는 일이다
여름에는 열매를 맺고
가을에는 잎이 지는 일이다
누가 있어 함께 노을을 맞이하는 일이다

용, 75×75cm

사랑의 유영, 45×65cm

오늘은 당신이 있어 좋은 날이다

원각사 가는 길에 수국이 피어 있다
숭어리 숭어리 저승 꽃길
살아서 걸어 본다
선뜻 가야 할 때를 알고 훌훌 떠나는 발걸음처럼
오늘은 당신이 있어 좋은 날이다

언젠가 당신과 함께
거닐었던 들길
그때 보리수 가지 끝에 간신히 걸린
파란 하늘과 눈이 부신 햇살과
아무도 흉내낼 수 없는 당신의 그 색채에 반해

그 눈빛의 아름다움에 대해
들판을 주름잡는 가을꽃에게조차 진정 아무런 내색도 못하고
지남철 같은 그날의 끈끈한 언어로
새끼와 엄지손가락을 포개던 일들을
다시금 새겨 봄도 좋은 날이다

날이 새면 내 안에서
생목이 올라와
검은 안개 가르며
살아온 날들을
다시금 놓아 버려도 좋을 날이다

어여쁜 날

그리움은 그리움으로 묻어 두어라
어여쁜 날은 어여쁜 날로 색칠하여라
자줏빛 목련 같은 그 모습
어디다 숨겨 두고
삐비꽃처럼 하얗게 센
당신은 누구시길래
순하디순한 짐승이 되어
울음을 터트리는가
돌아갈 수 없는 날들을 돌아보며
저녁 노을로 타오르는가
그리움은 그리움으로
어여쁜 날은 어여쁜 날로
묻고 살아라

생명의 노래, 33×26cm

여명, 52×33cm

오늘은 내가 죽어 좋을 날이다

햇빛 맑아 좋은 날이다
꽃이 피어 좋은 날이다
새가 울어 좋은 날이다
바다에는 파도가 와서 좋은 날이다
내 안에 섬 하나 있어
지우지 못한 상처 하나 있어
목숨을 내놓기에 좋은 날이다
내가 죽어
어머니 옥양목 치마
그렇게 흰빛으로 남아 있어
좋은 날이다
돌아가기 좋은 날이다

연잎이 우는 것은

길이 끝나는 곳에
연잎 하나 살고 있었다
연잎이 살고 있는 곳에 새벽이 찾아왔다
해가 떠오를 때까지 이슬 한 방울 받아 주지 않는다고
연잎은 먼 산을 바라보며 쓸쓸하게 웃었다
먼 훗날 연잎의 그 웃음이 울음이었다는 것을 알았을 때
이미 연잎은 시들고 있었다
잘못했다 잘못했다
진흙 속에서 연꽃을 피우기 위해
마음을 비우고 또 비우며
대궁 속에서 아프게 울고 있는 것을 모르고
아침이 오기를 기다렸다
꽃이 피기를 기다렸다

태양조의 찬가, 67×53cm

꽃이 못 되고

바람으로 피어난
꽃들이 살고 있다
사람 눈에는 띄지 않는
하늘 사람이 살고 있다
몸 속을 줄이고 때깔을 없애고
그 꽃 속에 들어가면 따뜻하다
바람을 핑계삼아
입술과 입술 사이에 은근히 몸을 포개면
시들어 고개 숙인 겨드랑이까지 따뜻하다
꽃들은 나보다 덜 사랑했으면 좋겠다
나보다 덜 아팠으면 좋겠다

내가 너희보다 덜 아파서
덜 사랑해서

평화의 낙원을 위하여, 110×189cm

금강산

맨몸으로 달려드는
채근에 못 이기어
반세기 전 금강산
옷 벗고 누웠다
젖꼭지 몽우리마다
터지는 환희

평화의 낙원, 54×67cm

메꽃

만나는 것마다
슬픔 아닌 것이 없다
모래밭을 걷다가 무심코 만난
고자화(메꽃) 너도
내가 살아온 생애만큼이나
서러운 낙인이 찍혀 있구나
꽃만 피우고 열매를 맺지 못하는
너의 속살이 더 뜨거운 것을
천지신명은 알고 있을까

어긋짱난 잎새
그 뒤에 숨겨 놓은 시린 외로움을

해바라기

그리워 속이 타면 하늘 향해 소리친다
울타리 한 길 넘어 고개 숙인 금빛 미소
가슴 속 불을 지피네 뜨거운 피가 도네

하늘에 큰 해 솟고 작은 해 땅에 뜬다
어젯밤 꿈속에서 온 몸으로 품고 자던
한 아름 불덩어리를 이른 아침 토해 낸다

그대 가는 길은 구만리 장천이다
산 넘고 바다 건너 이 세상 끝 끝머리
사랑아 너의 행방을 뒤쫓아 나는 가리

마음 가는 곳에 몸도 함께 거기 있다
아침에 동쪽으로 저녁에 서쪽으로
당신의 그림자 되어 야위는 내 영혼

태양조의 찬가, 58.5×52cm

부분도

가시나무새

숨가쁘고 달디단 과실 맛
혀끝에 닿는 순간
감전되듯 빨려 들어가는 알 수 없는 거기
닿자마자 발 헛디뎌 추락하고 만다
무저갱 속
까무러쳐 있다가
발가벗은 온몸으로 눈을 뜬
이브
이미 꿈은 아니다
신의 의도적 오류 속
단 한 번 죽음에 키스하고
유배되어 온 세상에서
마지막엔 부르리라

이 세상에서 가장 슬픈 노래

사랑하는 사람아

서늘하게 식은
내 청춘의 모서리에
불꽃을 피운 사람아
니 몸에 내 몸을 기대고 앉아
저 물소리 바람 소리를 들으니
오늘은 참 좋다
내 안에 깊이
너무 깊숙이 들어와
꺼내기조차 힘든 사람아
내 곁에 있어도
나는 네가 그리워
가슴이 아프다

축복의 시간, 39×47cm

사랑의 샘, 32.5×42cm

무녀, 70×55cm

내숭

여수의 명물
백모가지가 있던 자리에
벼락 맞은 대추나무
라는 간판이
비스듬히 걸려 있다
궁금증과 호기심으로
걸음을 멈추게 해놓고
작정한 대로 안다리를 걸어
떡메를 치려고
취해서 몸을 가누지 못하는 척
가게 쪽으로 쓰러지는 척

참외 속 같은 단내에
못 이긴 척 넘어가 주랴

풍란

허공 위에 뿌리를
간신히 내려놓고
얽히고설킨 세상살이
결박을 당한 채
천길 낭떠러지 내려다보며
멀리 향기를
꽃피우고 있다
자식밖에 모르는
우리 엄니처럼

모자, 부분도

소나무

－금강산 채화봉에서

한 발 헛디디면 낭떠러지인데
잘도 기어 올라와
뿌리를 내렸구나

눈바람 속을 헤쳐
종부돋움을 한 소나무
너 살아온 생을 알겠다

왜 한 번 치면 봉황이 되어
푸드득 하늘로
날아갈 듯도 같은데

지상에 무슨 할 일이 남아
금빛 날개만
날리고 있느냐

일어서는 바다여! 열리는 우주여

-EXPO 2012 여수박람회에 바친다-

우주가 열린다
하늘과 땅 바다가 새 아침을 맞는다
내 어머니의 어머니
할아버지의 할아버지를 낳은 대한민국
나를 낳고 기른 여수에서
인류가 오래 꿈꾸어온
신세계가 열린다

오천년 찬란한 문화를 꽃피워 온 나라
세계최초로 금속활자를 만든
훈민정음을 만든
거북선을 만든 슬기로운 이 겨레가
자유와 평화와 사랑의 이름으로
70억 인류의 바다 그리고 꽃과 빛의 큰 잔치
2012 여수 세계엑스포 박람회를 연다

오라! 지구촌의 식구들이여
태평양을 건너 대서양을 넘어
동에서 서에서 북에서 남에서

아니 오대양 육대주에서
인류가 꿈꾸어온 문명의 새 아침
아름다운 이 땅의 삶에 새날을
머리와 가슴으로 맞이하자

지구촌 한가운데 우뚝 솟은 내 나라
수수만대 누려온 보금자리다
우주의 불을 밝히는 눈부신 태양이다
우리 모두 '살아있는 바다 숨 쉬는 연안' 에서
세계는 하나 인류도 하나
벽과 벽을 넘어 손에 손을 잡고
영원한 낙원을 이룩해 보자

한라여 북을 쳐라 백두여 불을 뿜어라
세계여 자리를 박차고 일어나
새 역사 탄생을 함께 기뻐하라
절정과 절정 황홀과 황홀 개벽과 개벽이다
너와 나 하나 되고 우리 모두 하나가 되어
내 조국 대한민국을 천둥소리로 합창하자
둥둥둥 통일의 새날을 맞이하자

부분도

밤

빛의 아들
또는
꽃

별로 태어나서 아침이 올 때까지
사람으로 태어나
제 무리들 속에 섞이지 못하고
홀로일 때

밤은
혼신의 힘을 다해
새벽을 깨운다

반딧불

그리운 것들은
하늘에 있다
가볍고 투명해서
제 몸보다 큰 넓이로
빛을 낸다
수천 수만 배로 어둠을 밝혀
세상을 다숩게 한다
나에게도 꺼지지 않은
등불이 있다
내 삶의 모천에서
그리움으로 반짝이고 있는

사랑의 샘, 50×44cm

섬

갯벌 위에 찍어 논
발자국을 보고서야
물새 두 마리 사랑하고 있다는 걸 알았다
그것이 삶의 흔적인 줄도 모르면서
그것이 사랑의 상처인 줄도 모르면서
물새는 모래밭에 약속을 묻었다
그 섬에 밀물이 밀려서 왔다
퍼렇게 퍼렇게 밀려서 왔다
사람도 외로우면 물새가 된다
물새처럼 사랑했던
그 사람이 보고 싶다

새, 부분도

몰입과 탈출의 시적 승화

구 인 환
(서울대 명예교수. 국제펜 한국본부 부회장)

- 1 -

오양심 시인의 제6시집 <뻔득재 불춤>이 상재되어 시린 엄동의 냉기를 녹인다. 가슴에 불을 지펴 얼어붙은 우리네 삶을 시향으로 더욱더 뜨겁게 열어 준다. 삶의 터전과 그 주변을 관조하면서 몰입과 탈출의 미학에 도달한다. 언어의 마술사로서 시적 승화를 하여 대상을 관찰하고 정서의 탐닉에서 벗어나 지적 공감을 더해 주고 있다.

엘리엇이 "시는 정서의 표출이 아니라 정서로부터의 도피요, 개성의 표현이 아니라 개성으로부터의 도피이다."라고 말하였듯이, 오양심 시인은 정서를 아끼고 개성을 숨겨 보편성을 획득하고 있는 것이 특색으로 나타나고 있다.

결코 정서의 지나친 분출이나 강하게 드러내는 개성의 극단화가 없이 차분히 가라앉은 호수와 같다. 잔잔하게 낮은 목소리로 사시절 변해 가는 자연과 인생사, 살아가는 삶의 관계와 그 매듭들을 가라앉은 정서로 휘어감아 새로운 물상을 창조한다.

거기에는 정서의 휘날림에 의한 서정화가 절제되어 있고, 지적 사출(寫出)에 의한 조탁(彫琢)이 의젓이 자리잡고 있다. 땅을 딛고 하늘을 바라보며 사람 속에서

미를 추구하는 시정신이 안으로 불타 응고되고 있다.

천지인, 삼재의 천리는 동서양을 막론하고 세상을 살아가는 삶의 기본적인 터전이다. 땅을 딛고 삶을 영위하는 리얼리틱한 현실과 비상하여 자유롭게 노니는 로맨틱한 상상의 세계가 사람에 의해 수용되어 삶을 영위하고 아름다움을 추구하는 시정신은 <아라지방죽>에서 <쇠코잠뱅이>를 입고 <해바라기> <반달>로 떠서 <누가 있어 함께> 아름다움을 음미하고 새롭게 창조한다.

영국의 낭만파 시인인 존 키츠가 "미는 진이요 진은 미다."라고 한 말이나 히포크라테스가 "인생은 짧고 예술은 길고 기회는 적다"라고 한 말이 다 미의 창조에 의한 항구성을 획득한 것을 두고 하는 말이다. 땅을 딛고 하늘을 비상하며 사람들 사이에서 울고 웃고 부대끼면서 조명하고 창조한 미는 시혼을 불태워 창조하는 시정신의 정화(精華)이다.

땅에서 살아가는 것은 고마운 축복이면서 즐거운 일이다. 우주선을 타고 공중에서 사는 우주인의 생활이 결코 즐거울 수 없으며, 세상사를 피해 산중에 은거하는 사람의 생활이 즐거울 수 없는 것은 뻔한 일이다. 역시 사람은 하늘을 나는 꿈을 가지고 이웃과 더불어 살아야 이 세상을 살아가는 맛이 있고 또 사는 것 같을 것이다.

하기야 "나물 먹고 물마시고 팔을 베고 누웠으니 대장부 살림살이 이만하면 족 하도다"라고 자족하거나, "태산이 높다 하되 하늘 아래 뫼이로다. 오르고 또 오르면 못 오를 리 없건만. 사람이 제 아니 오르고 뫼만 높다 하더라"라고 비판의 소리를 하는 말이 있다.

제멋에 겨워 사는 것이니 그 누구 무어라고 탓할 수는 없다고 해도, 역시 인생은 땅을 딛고 하늘을 비상하는 꿈을 가지고 이웃과 더불어 살아야 사람 사이에 있는 인간으로서의 면모가 설 것이다.

오양심 시인의 시집 <뻗득재 불춤>은 바로 이 땅을 딛고 하늘을 수놓는 꿈을

안고 세상의 이웃과 더불어 사랑하며 인정을 나누며 살아가는 삶으로, 대상들의 서정을 아끼며 지적으로 사출하는 시향을 풍기는 시집이 우리를 압도하고 있다. 이러한 시림(詩林)의 그 오솔길을 따라 소요해 보는 일도 재미있고 즐거운 일이다.

- 2 -

오양심 시인의 시집 <뻔득재 불춤>은 시집 제1집<아리랑 고개> 제2집<詩 서편재> 제3집<거꾸로 선 나무가 되어> 제4집<반딧불 하나 주까> 제5집<뻔득재 더굿>에 이어서 상재되는 제6시집이다. 이 시집은 전4부에 도합 66편이 수록되어 있는 시원(詩苑)으로, 절제된 서정, 생활 주변이나 자연의 대상을 관조하여 지적 상상력을 시화한 작품들로 풍성한 시림을 이루고 있다.

그 시림을 거닐면 오양심 시인의 시적 마력에 끌려 여기저기를 소요하게 된다. 한데 그 시림은 그렇게 화려하거나 야단스럽지가 않다. 나비나 꿀벌이 잉잉거리면서 노는 수다스러운 것이 아니고, 그저 수수하고 화사하면서도 지적 향기가 풍겨나와 지나는 길목에 발을 멈추게 되고 시의 나무들을 바라보게 한다.

달콤한 방향(芳香)도 뿌리지 않고 벌과 나비가 야단을 피워 사람들을 끌어모으지 않은데도 어딘가 감추어진 서정에 접목된 지성의 향기에 끌리어 시림 사이를 배회하게 된다.

먼저 살아가는 세상에 얽힌 사연과 꽃과 하늘과 같은 자연에 노니는 것을 엿볼 수 있다. 세상을 떠들썩하게 야단을 부리는 것이 아니고 오붓하고 단순하게 살아가는 삶의 뒤안길에 흩어진 제재를 시화하고 있는 데 오양심 시인의 매력이 있다.

네가 보고 싶어 문을 두드린다

네 말소리가 듣고 싶어 기다리고 있다

애써 불안을 감추지 못하고
다급한 듯이
너를 불러도
오늘은 네 방이 캄캄하다

손가락 끝에 힘이 빠진다
아무도 눈치를 채지 못하게
운다
매화가 되어
매화마을에 갔다가

- 〈봄날은 간다〉

개나리·진달래가 흐드러지게 피고, 목련화가 고고하게 봄을 누리며 긍지를 피워 내는데 계절은 쉬지 않고 흘러간다. 가는 네가 보고 싶어, 말소리가 그리워 매화가 되어, 매화마을이 되어 그 방향을 풍긴다.

가는 세월 막지 말고 오는 세월 막지 말라고 했다는데 가는 봄을 아쉬워하며 매화가 되어 우는 것은 역시 해후와 별리의 애달픈 정 탓인가. 가는 봄을 잡을 수 없는 서정이 봄을 장식하는 꽃들에게 이입되어 새로운 화폭을 늘려 간다. 김억의 〈봄날은 간다〉와 상사성을 지니면서도 그 정서가 자못 다른 것은 세상이 그만치 달라진 탓인가.

너 떨고 있구나
무슨 그리움에
여윈 얼굴이냐
어깨 위에 바람 한 올만 떨어져도
소스라치는 몸짓이구나
그 고운 얼굴에

검버섯도 피었구나
꽃을 피워 냈다고 어떻게 다
열매를 맺는다니
어두워 가는 천지에
세상을 불 밝혀 놓고
꽃 피고
꽃 지듯
짧은 봄날

- <목련이 질 때>

고고하게 피워 그 품위를 풍기는 목련, 그 목련과의 은근한 속삭임이 꽃 피고 꽃 지는 짧은 봄날, 그리움에 지친 목련의 새로운 이미지로 신선하게 다가온다. 안재홍의 수필 <목련>에서 말하고 있듯이 목련은 개나리·진달래 흐드러지게 피는 봄날의 귀공자같이 고아한 품격을 지니고 지조를 상징하는 꽃으로 화폭에 자주 옮겨지는데, 무슨 그리움이 있어서 검버섯을 피우면서도 열매를 맺지 못하는가. 향기가 없는 봄꽃은 나비의 꿈을 그린다.

라일락 향기나 자귀, 아카시아꽃이 필 무렵이면 나비도 날아들 것이언만 봄철의 꽃은 대개가 향기가 없어서 나비의 꿈을 가지지 못한다. 나비의 새로운 이미지가 우리의 관심을 끌게 한다.

꽃 한 송이 만나기 위해
얼마나 많은 허공을
날아올랐던가

멀리 보면
하늘과 땅이 붙어 있는 것처럼
그 틈새에 바람과 구름이

노니는 것처럼
그 틈새의 틈새 속에
산과 바다가 정다운 것처럼
나비 한 마리
꽃잎에 눕자마자
금세 한몸이 된다

궁상각치우
노래가 된다

- 〈궁상각치우〉

안수해 접수화雁隨海 蝶隨花라고 했던가. 과년한 처녀 춘향에게 남정네가 부른다고 함부로 나오는 거냐는 이 도령의 말에 춘향이 한 말, 기러기는 바다를 따르고 나비는 꽃을 따른다는 말에 이도령이 탐복하여 춘향의 미모 속에 잠겨 있는 깊은 마음을 읽을 수 있는 대목이다.

"꽃 한 송이 만나기 위해 얼마나 많은 허공을 날아올랐던가"로 시작되는 오양심 시인의 시는 결코 춘향이와 이도령이 사랑가로 부르는 판소리의 한 대목에 뒤지지 않는다. 〈리콜리스〉 〈거미집〉 〈사람하나 지나가면〉 〈겨울나무〉 등 응시의 대상이 되는 것에 몰입하여 형상화는 시적 메타포를 구사하고 있다.

한 발 헛디디면 낭떠러지인데
잘도 기어 올라와
뿌리를 내렸구나

눈바람 속을 헤쳐
종부 돋움을 한 소나무
너 살아온 생을 알겠다

쾌 한 번 치면 봉황이 되어
푸드득 하늘로
날아갈 듯도 같은데

지상에 무슨 할 일이 남아
금빛 날개만
날리고 있느냐

— 〈금강산〉

민족의 희비가 얽힌 금강산! 이광수나 정비석의 금강산 기행의 짜릿한 명문과는 또다른 금강산의 이미지를 부각시킨 이 시는 생동미와 정적인 형태가 조화되어 한 폭의 명화를 이루고 있다.

낙락장송 그 뿌리를 내린 기암절벽, 푸드득 하늘로 날아갈 듯한 그 자태, 정말 지상에 무슨 할 일이 있기에 금빛 날개를 펼치고 있느냐에 의인화적 메타포가 살아 생동미를 더해 주고 있다. 다음으로 생활의 주변에 얽힌 사물과 그 거멀못을 조명하여 새로운 의미 부여를 하고 있는 데 우리의 발길이 멈춘다.

세상은 어설프면서도 바쁜 생활에 쫓긴다. 생활에 쫓기다 보면 파릇하게 싹트는 가로수의 연두색이나 길가에 피어 있는 철쭉이 눈에 보일 리 없다. 이런 세월 속에서 〈하얀 여시 한 마리〉가 되어 〈하반이〉를 만나고 〈첫날밤〉도 치르고 〈원앙풀이〉도 한다.

음악 학교
그곳에 가면
음악 소리는 들리지 않고
지문 없는 손가락만 보인다

울음 끝에 서서 만지작
만지작거리는 나에게

내 친구
하반이는
피가 배인 손가락보다
담벼락에 어설프게 기대어
겨우내 봄을 준비한
목련나무 걱정이 더 많다

닳아진 손가락이
현 위에서 쉬임없이 굳은살로 배겨 갈 때
하늘을 하얗게 물들인 계절이 피어난다
상처투성이 제 몸을 불사르고 나서야
누군가에 잠깐 즐거움이 되는
천상의 꽃

그날 밤 나는
꿈속에서
목련꽃 한 송이로 피어나고

— <풍각쟁이>

청풍명월 삼현육각을 앞세우고 흥겹게 노니는 장면은 생활을 풍요하게 하고 삶을 윤택 하게 한다. 풍각쟁이가 신이 나서 놀 때에도 "상처투성이의 제 몸을 불사르고 나서야/누군가에 잠깐 즐거움이 되는/천상의 꽃//그날 밤 나는/꿈속에서/목련꽃 한 송이로 피어나고" 풍각쟁이의 꿈인 목련꽃은 꽃 피고 꽃 지는 짧은 봄날을 애석해하면서 <사랑>의 노래를 부른다.

세상은 삼현육각을 잡혀 신나게 놀 수 있는 세상이 열리는 날 호수가 하늘을 끌어안는 〈하늘 사랑〉을 구가하면서 〈아라지 방죽〉을 노래한다. "꽃이 피어서/잎이 피어서/아리아리 동동/쓰리쓰리 동동/너도 아니고/나도 아닌 것이/아리랑 음음음/아라리가 났네//내 가슴속에 들어 와/봇물을 터트린 사람아." 피리 젓대 불며 신나게 노니는 민초들의 애환이 담뿍 서리어 심금을 울린다.

> 빛의 아들
> 또는
> 꽃
>
> 별로 태어나서
> 사라질 때까지
> 사람으로 태어나서
> 아침이 올 때까지
> 제 무리들 속에 섞이지 못하고
> 홀로일 때
>
> 밤은
> 혼신의 힘을 다하여
> 새벽을 낳는다.

– 〈밤〉

"낮에 낮에 우는 새는 배가 고파 울고요 밤에 밤에 우는 새는 님 그리워 울지요." 빛의 아들이요 꽃인 밤은 태고부터 혼신의 힘을 다하여 새벽을 잉태하여 여명의 햇살에 넘겨 준다. "동짓달 기나긴 밤에 한 허리를 감아 내어/춘풍 이불 아래 서리서리 넣었다가/님 오신 밤이어든 굽이굽이 펴리라"의 애절한 황진이 노래에서도 오양심의 시에서처럼 새벽을 잉태하는 밤의 신비스런 영기를 느끼게 한다.

　　세상을 살아가노라면 즐거운 일, 슬픈 일, 수다한 고비를 넘어 살게 마련이다. 때로는 사랑에 가슴이 아리기도 하고 형제자매 친구 들 사이 얽히고설키어 평범하면서도 복잡한 삶에 젖기도 한다. <떨림> 속에 <열대야를 건너며> <아름다운 사람과 >동행하기도 한다.

　　　　그리움은 그리움으로 묻어 두어라
　　　　어여쁜 날은 어여쁜 날로 색칠하여라
　　　　자줏빛 목련 같은 그 모습
　　　　어디다 숨겨 두고
　　　　삐비꽃처럼 하얗게 센
　　　　당신은 누구시길래
　　　　순하디순한 짐승이 되어
　　　　울음을 터트리는가
　　　　돌아갈 수 없는 날들을 돌아보며
　　　　저녁 노을로 타오르는가
　　　　그리움은 그리움으로
　　　　어여쁜 날은 어여쁜 날로
　　　　묻고 살아라

<어여쁜 날>

　　누구에게나 젊은 날의 싱그러움과 환희는 있다. 자신이 걸어온 희로애락의 길을 드러나지 않게 묻어 둔다고 표현한 구절구절이 절창이다. 시인의 예지가 절정에 도달했음을 입증해 준 시이다. 저물어 가는 모든 것들을 본래보다 더욱 강렬하고 생동감 있게 만드는 이 신명은 도대체 어디서 나오는 것인가. 오양심 시인의 절창들이 이루고 있는 신선함은 배려요, 사랑이다.

마음이 가난하지 않는 한 대상에 접근하지 못한다는 것을 우리는 잘 안다. 넘친것 같으면서도 넘치지 않고 외로움과 고통이 있으면서도 따뜻함과 인정스러움으로 혼신의 힘을 다하고 있음이 <누가 있어 함께> 곳곳에서 본색을 드러낸다. "샘물처럼 퍼서 나누어 주라고/ 아픈 상처 쓰다듬고 감싸주라고/나더러 조선 여자가 되라고"

- 3 -

산다는 것은 즐거운 일이다. 더구나 산수가 수려하고 사계가 분명한 이 강산에 산다는 것은 이만저만한 축복이 아니다. 세상이 아무리 모질고 또 험하다고 해도 이 세상은 이웃과 더불어 함포고복含哺鼓腹하면서 살 수 있는 살기 좋은 세상이다. 이런 세상에 살면서 시향에 젖고 시를 쓸 수 있는 것은 아무나 누릴 수 있는 축복이 아니다.

오양심 시인의 제6시집<뻗득재 불춤>은 이처럼 쇠바람뿐인 동토 천지에 화롯불이 되어 언 가슴을 뜨겁게 녹여 주는 인정이 되고 있으니, 이는 우리 모두에게 세상의 도타운 인연 축복이다. 대상을 정확히 인식하고 관조하면서도 그에 함몰되지 않고, 정서를 안으로 삭이며 지적으로 미적으로 세계를 승화시키는 오양심 시인의 매력이 압권이다.

어린아이처럼 맑고 밝은 눈으로 대상을 관조한다. 시적 상상력으로 새로운 세계를 창조하는 오양심 시인은 자유롭고도 무한한 시의 숲을 이루고 있다. 그 시림의 영토가 역사와 민족의 거센 흐름을 수용하여 더욱더 새로운 시의 영토가 무궁무진하게 펼쳐 갈 것을 확신한다.

시인 신산 오양심 약력 / 전남 여천 출생

한국예술신학대 문예창작과와 서울예술신학대 대학원 졸업
중앙대학교 예술대학원 문예창작과와 연세대학교 사회교육원 논술지도자 과정 수료
1993년 한맥문학에 박재삼선생님 추천으로 등단
아동문예문학상, 한맥문학상, 한국프로문학상, 허난설헌문학상, 황진이문학상 등 다수 수상

시집으로
'아리랑고개', '詩 서편제', '거꾸로 선 나무가 되어', '반딧불 하나 주까'
써서로
'오양심글쓰기논술총자료집 초등학생용' 6권 '오양심글쓰기논술총자료집 중·고등학생용' 2권
수험생들을 위한 오양심의 '문학여행' 10권 출간중

주요활동
미국뉴욕 서울프라자호텔에서 한국의 4계 및 2002월드컵 시화전
전북 반딧불 축제 무주문화원에서 한국의 4계 및 월드컵 시화전
미국워싱턴힐튼호텔에서 한국인 이민100주년기념행사에서 '흰옷이 부르는 노래' 초대시 낭송
미국워싱턴전쟁기념관, 한미동맹 50주년 기념행사에서 '우리는 하나다.' 초대시 낭송
2008년 중국올림픽 유치기념으로 인민일보에서 '나는 괜찮아' 초대 시 낭송
방정환평전 출판기념회 서울신문사에서 '영원한 어린이의 아버지' 초대시 낭송
일본군위안부역사관 나눔의 집 3.1절 행사에서 '흰옷이 부르는 노래' 초대 시 낭송
소년소녀가장돕기 행사에서 학부모 학생과 함께 거리시 낭송
대청골 축제와 중동100주년 기념행사, 소년소녀가장돕기 100여 편의 시화전
신세대와 함께하는 열린 음악회 '길', '꿈은 이루어진다', '태양은 다시 솟아오른다' 등 준비 중

현재
한국논술지도사협회 회장 http://www.nonsuljidosa.or.kr
건국대학교 평생교육원 논술지도사아카데미 주임교수 http://www.ohnonsul.co.kr
서울 강남구 일원동과 광진구 자양동에서 오양심통합논술 http://www.nonsulpower.co.kr 운영 중

뻔득재 불춤 값 10,000원

초판 인쇄 / 2008년 5월 10일

초판 발행 / 2008년 5월 15일

지은이 / 오 양 심

펴낸이 / 최 석 로

펴낸곳 / 서 문 당

주소 / 서울시 마포구 성산동 54-18호 동산빌딩 2층

전화 / 322 4916~8 팩스 / 322-9154

등록일자 / 2001. 1. 10

등록번호 / 제10-2093

창업일자 / 1968. 12. 26

※ 잘못된 책은 바꾸어 드립니다

ISBN 89-7243-627-5